GALÁXIAS
DE BOLSO

Galáxias nem sempre tiveram esse nome. Até meados do século passado, eram chamadas universos-ilhas. Galáxias são formadas por corpos celestes, remanescentes estelares, poeira cósmica, gases, nebulosas e matéria escura. Sua extensão e densidade são variáveis. Podem ser elípticas, espiraladas ou ter forma irregular. Elas estão sempre em movimento. Galáxias são coleções de estrelas. Letras, linhas, pontos, redes de signos e manchas gráficas no papel formam uma galáxia. O intrincado trabalho das aranhas, a arte das armadilhas das teias, também. *Galáxias*: laços de letras lábeis tela têxtil telame aranhol (...) letreiros selva de símbolos. Berçários de estrelas, as galáxias nunca estão definitivamente terminadas. Seus limites são instáveis e confundem-se com outras formas: nuvem, nebulosa, aglomerado de partículas. Galáxias são formas abertas: seu centro é vazio, as formas circulam, ensaiam, não terminam de dizer aquilo que têm a dizer. São como palavras no céu. Livros são **galáxias de bolso**.

BRASIL-SINTOMA

Eduardo Sterzi

coord. Gustavo Silveira Ribeiro

telaranha
GALÁXIAS DE BOLSO

COORDENAÇÃO EDITORIAL Bárbara Tanaka e Guilherme Conde M. Pereira
ASSISTENTE EDITORIAL Juliana Sehn
PROJETO GRÁFICO E CAPA Manoela Haas
PREPARAÇÃO DE TEXTO Guilherme Conde M. Pereira
REVISÃO Bárbara Tanaka
COMUNICAÇÃO Hiago Rizzi
PRODUÇÃO Letícia Delgado, Raul K. Souza e Sophia Martinez

DADOS INTERNACIONAIS DE CATALOGAÇÃO NA PUBLICAÇÃO (CIP)
(Câmara Brasileira do Livro, SP, Brasil)

Sterzi, Eduardo
Brasil-sintoma / Eduardo Sterzi; organização Gustavo Silveira Ribeiro. – 1. ed. – Curitiba, PR: Telaranha, 2025. – (Coleção galáxias de bolso)

ISBN 978-65-85830-36-2

1. Criatividade (Literária, artística, etc) 2. Ensaios 3. Literatura brasileira – Crítica e interpretação 4. Literatura brasileira – História e crítica I. Ribeiro, Gustavo Silveira. II. Título III. Série.

25-309589.0

CDD-B869.909

Índices para catálogo sistemático:
1. Literatura brasileira : Apreciação crítica B869.909
Aline Graziele Benitez – Bibliotecária – CRB-1/3129

TELARANHA EDIÇÕES
Rua Ébano Pereira, 269 – Centro
Curitiba/PR – 80410-240
(41) 3220-7365 | contato@telaranha.com.br
www.telaranha.com.br

Impresso no Brasil
Feito o depósito legal

1ª edição
Outubro de 2025

SUMÁRIO

Brasil-Freud

Título de livro que, segundo Raul Bopp (1956), Flávio de Carvalho publicaria na Bibliotequinha Antropofágica, nunca realizada.

"É preciso entender que uma *posição crítica* implica em inevitáveis ambivalências; estar apto a julgar, julgar-se, optar, criar, é estar aberto às ambivalências, já que valores absolutos tendem a castrar quaisquer dessas liberdades; direi mesmo: pensar em termos absolutos é cair em erro constantemente [...].

[...] a condição brasileira, mais do que simplesmente marginal dentro do mundo, é subterrânea, isto é, tende e deve erguer-se como algo específico ainda em formação; a cultura (detesto o termo) realmente efetiva, revolucionária, construtiva, seria essa que se ergueria como uma SUBTERRÂNIA [...]."

Hélio Oiticica, "Brasil diarreia" (1970)

PREÂMBULO

Reúno neste livro dois ensaios cujas versões iniciais foram apresentadas oralmente e, depois, publicadas em livro apenas no exterior — o primeiro na Argentina, o segundo em Portugal. Sem os convites de Roxana Patiño e Mario Cámara para o evento de Córdoba, em 2015 (*Coloquio Internacional ¿Por qué Brasil, qué Brasil? Recorridos y prácticas críticas desde Argentina*), e de Osvaldo Manuel Silvestre e Pedro Serra para o da Guarda, em 2023 (*Colóquio Internacional Eduardo Lourenço: um tempo brasileiro breve, mas duradouro*), os textos não existiriam — pelo menos não no formato que tomaram. Agradeço mais uma vez, portanto, a eles pela convocação ao pensamento, à escrita e ao debate. Como agradeço, agora, a Gustavo Silveira Ribeiro pelo convite para a publicação deste livro na coleção *Galáxias de Bolso*.

Acredito que as palavras que escrevi para introduzir o primeiro texto na sua exposição como conferência de encerramento do evento argentino, em alguma medida, valem para o conjunto — e, por isso, talvez faça sentido relembrá-las:

É verdadeiramente uma honra e uma alegria estar aqui, sobretudo porque estou no meu papel preferido, que é o de intruso, uma vez que, salvo engano, sou o único expositor de todo o evento a ter nascido no Brasil — embora naquela província muito ao Sul, que é o Rio Grande, lugar de gente que sempre se viu como estranhamente brasileira, *como* estrangeiramente brasileira, *e que tantas vezes, do ponto de vista cultural e não só geográfico, se sentiu mais próxima do que lá muitas vezes é denominado de "cultura do Prata" (Argentina e Uruguai) do que da cultura do que chamamos, no Brasil, de "centro do país" ou "eixo Rio-São Paulo". Não estou dizendo nada que seja novidade para quem leu, por exemplo, aquele importante ensaio de Vitor Ramil que se intitula* A estética do frio *— ou talvez mesmo para quem apenas escutou os discos dele ou leu seus romances como* Pequod *e* Satolep.

Digo isto a modo de introdução, para frisar que tudo que falarei aqui, nesta apresentação que terá uma configuração algo errática e, sobretudo, digamos, fugidia — condizente, portanto, com a matéria que me propus a tratar —, está radicado num modo singular de ser brasileiro e de pensar o Brasil, não a partir do seu "centro", que é sempre uma posição enganosa, que distorce um tanto a visão das coisas (e sobretudo a visão da própria posição em meio às coisas), mas, sim, a partir de uma posição que também não se situa exatamente à "margem", outra posição que, a meu ver, pode levar ao engano, na medida em que pressupõe uma perspectiva supostamente desimpedida a partir da qual olhar o "centro" e julgá-lo.

Falarei, em suma, a partir de uma posição que pretende ser, ou que não pode senão ser, uma posição móvel, inevitavelmente instável e sobretudo incerta: isto é, uma posição que não comporta confiança em demasia na própria perspectiva, assim como nos próprios juízos. O que é talvez também uma definição da leitura: desconfiar da própria perspectiva e dispor-se a deslocar-se pelas perspectivas alheias. E o que farei aqui, de fato, não é mais do que ler alguns textos, buscando conexões entre eles e deles com esse estranho objeto-sujeito que esteve no centro de nossas conversas ao longo dos dias de ontem e hoje, sempre sob forma de interrogação, e que é o Brasil.

BRASIL-SINTOMA:
COMO VIVER
NA PÓS-HISTÓRIA?

"O homem é um ente essencialmente perdido e, quando se dá conta, procura encontrar-se.

Esta sentença pode ser lida em vários níveis, por exemplo, no nível religioso ou no nível de um bandeirante no sertão, e seu sentido é sempre este: a decisão de tomar caminho (ou abrir caminho) depende sempre de um mapa da situação na qual o homem se encontra. Isto significa que toda decisão depende não apenas da posição das coisas, mas também da imagem que fazemos da posição das coisas (provavelmente isto tem muito a ver com o problema da liberdade). Pois essa imagem, seja ela mais ou menos fiel, depende sempre de um ponto de vista, a partir do qual foi projetada, e este ponto de vista não pode, ele próprio, fazer parte da situação que enfoca.

[...] da soma das visões disponíveis pode-se fazer um mapa que se aproxima infinitamente da "verdade objetiva", sem jamais alcançá-la. [...] Mapas verdadeiros não podem existir e, portanto, não existem. Mas seriam desnecessários, se existissem. Pelo contrário: mapas não devem ser verdadeiros, se quiserem orientar-nos. Um mapa de uma cidade, que seria fiel se a reproduzisse por inteiro, seria tão confuso quanto o é a própria cidade, e não teria utilidade alguma. Um elemento de simplificação e de exagero é essencial para todo mapa, e o ideal da objetividade é portanto sumamente duvidoso."

Vilém Flusser, *Fenomenologia do brasileiro: em busca do novo homem*

"O Brasil é uma República Federativa cheia de árvores e de gente dizendo adeus.
Depois todos morrem."

Oswald de Andrade, *Serafim Ponte Grande*

Por mais que Antonio Candido tenha formulado sua ideia de "literatura empenhada" de modo sutil e tenha circunscrito historicamente o âmbito desse empenho, pode-se dizer que certa tradição crítica que reconhece nele seu principal modelo — sobretudo aquela que conhecemos hoje, *grosso modo*, como tradição uspiana (mas, friso, não só esta) — acabou por extrapolar o ideal de empenho na forma de uma cobrança dirigida à literatura brasileira como um todo, abarcando o modernismo — que, na visão de Candido, já representaria uma superação daquele modelo — e também boa parte do que veio depois.[1] Trata-se de um ato de desleitura tanto da literatura brasileira moderna e contemporânea quanto da própria obra crítica de Candido. Dentro desse paradigma, a contribuição que porventura uma obra literária dê para a *interpretação* da sociedade brasileira e, por meio desta, para a construção da nação, ainda que por meio de uma visão negativa dessa mesma construção (o paradigma aqui, como se sabe, se quer dialético), torna-se um critério decisivo para sua valoração.

Vale frisar que, em alguma medida, virtualmente nenhum crítico brasileiro contemporâneo se viu livre de incidir em atitude semelhante; e tanto é assim que a mais significativa anexação de obras literárias ao modelo da *interpretação do Brasil* é aquela oferecida por um crítico

---

1 Penso sobretudo nas leituras de alguns poetas brasileiros por Iumna Maria Simon e Vinicius Dantas, de "Poesia ruim, sociedade pior" (*Novos Estudos*, 12 [jun. 1985], p. 48-61) a "Negativo e ornamental. Um poema de Carlito Azevedo em seus problemas" (*Novos Estudos*, 91 [nov. 2011], p. 109-120).

que, à primeira vista, nada deve à tradição uspiana: refiro-me a Silviano Santiago, que, ao organizar uma coleção de *Intérpretes do Brasil* para a editora Nova Aguilar, em 2000[2], não se limitou aos ensaios usualmente compreendidos como obras de "intérpretes do Brasil", mas incluiu pelo menos um romance. O romance é *Vidas secas*, de Graciliano Ramos, que aparece lado a lado com *Os Sertões*, de Euclides da Cunha (obra que, como sabemos, é problemática quanto a seu estatuto genérico, e até mesmo, pelo menos para um leitor como Luiz Costa Lima, quanto a seu caráter literário[3]). Também integram a coleção — cuja seleção, friso, não é óbvia — *O abolicionismo*, de Joaquim Nabuco; *A América Latina*, de Manoel Bonfim; o primeiro volume de *Populações meridionais do Brasil*, de Oliveira Viana; *Vida e morte do bandeirante*, de Alcântara Machado; *Retrato do Brasil*, de Paulo Prado; *Raízes do Brasil*, de Sérgio Buarque de Holanda; *Formação do Brasil contemporâneo*, de Caio Prado Júnior; *A revolução burguesa no Brasil*, de Florestan Fernandes; e, por exigência dos detentores dos seus direitos autorais, toda a trilogia de Gilberto Freyre sobre o patriarcado brasileiro,

---

2 Ou seja, no suposto aniversário de 500 anos do Brasil, e digo "suposto" porque a data do descobrimento, ou da invasão, não é pacífica como marco inicial do que seja o Brasil: pense-se, por exemplo, na importância maior, ou pelo menos igual, de 1822 — data da declaração de "independência" — para quem propôs uma semana de arte moderna no seu centenário. Cf. Silviano Santiago (org.), *Intérpretes do Brasil*, 3 v., Rio de Janeiro: Nova Aguilar, 2000.

3 Cf. Luiz Costa Lima, *Terra ignota: a construção de* Os Sertões, Rio de Janeiro: Civilização Brasileira, 1997; *Idem*, "Os Sertões: ciência ou literatura?", *Diálogos Latinoamericanos*, 2 (2000), p. 39-48.

Casa-grande & senzala (o único inicialmente programado para entrar), *Sobrados e mucambos* e *Ordem e progresso*. Num ensaio de 2005, Silviano Santiago insiste, desde o título ("Mário, Oswald e Carlos, intérpretes do Brasil"), na associação entre literatura e esse tipo de interpretação. A associação ganha, aí, a forma de uma *antecipação*:

> Mário de Andrade, Oswald de Andrade e Carlos Drummond de Andrade, alguns dos nossos grandes escritores modernistas, poderiam ser também considerados intérpretes do Brasil? Teriam apresentado à sociedade letrada brasileira — desde os anos 1920, década em que acordaram para a literatura — interpretações originais da nação e dos brasileiros? Teriam sido precursores dos cientistas sociais, que, nas décadas de 1930 e 1940, nos ofereceram as interpretações do Brasil que se tornaram canônicas? A contribuição de Gilberto Freire, em *Casa-grande & senzala*, já estaria fragmentada e esparsa nos escritos de Mário de Andrade? O Sérgio Buarque de Holanda, de *Raízes do Brasil*, estaria em parte embutido em Oswald de Andrade? O Caio Prado Júnior, de *Formação do Brasil contemporâneo*, estaria poeticamente previsto na visão de Brasil que Carlos Drummond elabora na juventude e, posteriormente, em *Sentimento do mundo*? Nas obras que nos legaram, encontramos subsídios que mostram a vontade de mudar para melhor o país atrasado, então governado pela República dos coronéis? Em suma, há uma crítica e um novo projeto de Brasil nas palavras e nas polêmicas dos nossos primeiros escritores modernistas?[4]

Ora, se nos ativermos às obras de Euclides, Mário, Oswald, Drummond, Graciliano e Rosa, é preciso

---

4 Silviano Santiago, "Mário, Oswald e Carlos, intérpretes do Brasil", *Alceu*, 5, 10 (jan.-jun. 2005), p. 5.

perceber, antes de tudo, que o tipo de *interpretação* que eles oferecem em seus textos é muito diversa daquela proposta pelos autores usualmente compreendidos como "intérpretes do Brasil", como aqueles outros que integram a coleção organizada por Silviano Santiago. Trata-se aí sempre menos de se descrever uma configuração a partir de sua formação e se determinar um significado (tarefas da interpretação) do que de se estranhar as estruturas — preferindo o momento da deformação ao da formação, confundindo, aliás, um e outro — e de se multiplicar os sentidos até o limite do equívoco ou da insignificação. Nisso, talvez Drummond seja especialmente exemplar, porque enfrenta explicitamente os discursos em torno da nação (e do nacionalismo), não se deixando apreender, como se deixaram por vezes Mário e Oswald, pela interpretação nacionalizante. Veja-se, por exemplo, um poema como "Hino nacional", que começa com a exortação segundo a qual "Precisamos descobrir o Brasil!" — já que este se encontraria "escondido atrás das florestas, / com a água dos rios no meio" —, passa pelas convocações de que "Precisamos colonizar o Brasil", "Precisamos educar o Brasil", "Precisamos louvar o Brasil", "Precisamos adorar o Brasil!" (note-se o *crescendo* do discurso ufanista vácuo), até chegar à conclamação melancólica de que "Precisamos, precisamos esquecer o Brasil!", com direito, mais uma vez, a ponto de exclamação, como no primeiro verso e na convocação imediatamente anterior, e com o acréscimo de uma expressiva reiteração do verbo inicial, esse verbo que frisa coletividade — um *nós* implícito, que não deixa claro quem inclui e quem deixa de fora de seu *ajuntamento*[5] — e necessidade, que, porém, a própria repetição do verbo enuncia de modo dubitativo, até gaguejante, como se não se soubesse realmente do que se precisa. Veja-se toda a última estrofe do poema:

> Precisamos, precisamos esquecer o Brasil!
> Tão majestoso, tão sem limites, tão despropositado,
> ele quer repousar de nossos terríveis carinhos.
> O Brasil não nos quer! Está farto de nós!
> Nosso Brasil é no outro mundo. Este não é o Brasil.
> Nenhum Brasil existe. E acaso existirão os brasileiros?[6]

"Nenhum Brasil existe": extraordinária constatação — se de constatação realmente se trata (num poema como esse, a ironia corrói qualquer estabilidade enunciativa) — para quem começa seu hino com um convite à *descoberta* do país. A busca chega aí a um resultado não apenas deceptivo, mas que coloca em questão todo o discurso anterior. Afinal, que objeto é este que se procura, e que ao final parece ganhar mais força, uma presença acachapante, precisamente na sua *inexistência*? Enfim: que tipo de objeto é o Brasil? Como explicar o hiato ontológico (ou, mais exatamente, ontopolítico) que se abre, no último verso, entre o Brasil — que *não existe* — e os brasileiros — que *talvez existam*? Sobretudo, o que significa dizer que "Este não é o Brasil" e que "Nosso Brasil é no outro mundo"? Arrisco uma hipótese, que será

5 Cf. "se bem que seja difícil compreender o que querem esses homens, / por que motivo eles se ajuntaram e qual a razão de seus sofrimentos".

6 Carlos Drummond de Andrade, "Hino nacional", *in*: *Brejo das almas* (1934), hoje em *Poesia 1930-62: edição crítica*, org. Júlio Castañon Guimarães, São Paulo: Cosac Naify, 2012, p. 173-174.

sempre imperfeita, parcial: Drummond parece sugerir, aí, que é preciso distinguir entre a nação como unidade ilusória e o povo — ou, melhor, os povos como potencialidade viva, ainda que dubitativa; afinal, os povos, sabemos desde pelo menos Deleuze, estão sempre "por vir"[7]: "o povo é o que falta, é o que não está lá".[8] Noção que, no poema de Drummond, ganha forma irônica — e, acima de tudo, erótica — na descrição das estrangeiras que devem ser "importa[das]" para "colonizar o Brasil": "francesas / muito louras, de pele macia, / alemãs gordas, russas nostálgicas para / *garçonettes* dos restaurantes noturnos. / E virão sírias fidelíssimas. / Não convém desprezar as japonesas...". O que se ironiza aí não é apenas o próprio desejo — e Drummond foi um poeta erótico por excelência, desde o primeiro poema de seu primeiro livro[9] —, mas também as políticas de branqueamento que orientaram grande parte da atitude do Estado brasileiro com relação à imigração.[10]

---

7 Cf. Gilles Deleuze e Félix Guattari, *Mille plateaux. Capitalisme et schizophrénie*, Paris: Minuit, 1980, p. 426-427, 467; *Idem*, *O que é a filosofia?*, trad. Bento Prado Jr. e Alberto Alonso Muñoz, São Paulo: 34, 2001, p. 142; Gilles Deleuze, *Cinéma 2: L'image-temps*, Paris: Minuit, 2006, p. 282, 288, 290-291.

8 *Idem*, *Cinéma 2: L'image-temps*, Paris: Minuit, 2006, p. 281.

9 Cf. "As casas espiam os homens / que correm atrás de mulheres. / A tarde talvez fosse azul, / não houvesse tantos desejos.", Carlos Drummond de Andrade, "Poema de sete faces", *in*: *Alguma poesia* (1930), hoje em *Poesia 1930-62: edição crítica*, org. Júlio Castañon Guimarães, São Paulo: Cosac Naify, 2012, p. 53.

10 Cf. Andreas Hofbauer, *Uma história de branqueamento ou o negro em questão*, São Paulo: Unesp, 2006; Fábio Koifman, *Imigrante ideal: o Ministério da Justiça e a entrada de estrangeiros no Brasil (1941-1945)*, Rio de Janeiro: Civilização Brasileira, 2015.

Friso: não estou afirmando que textos como este não possam ser vistos também como ensaios de interpretação do Brasil, mas acho importante salientar que a imagem de país — e de mundo, e de "real" — que eles oferecem é muito mais complexa do que pode parecer à primeira vista e que, portanto, os mapas que neles se desenham, para quem porventura queira por eles se orientar para também descobrir, um dia, o Brasil, não podem ser reduzidos aos mapas oferecidos pelos demais intérpretes "não literários"(expressão problemática, bem sei, já que onde há escrita há sempre, potencialmente, literatura). Vale lembrar que, em alguns casos, como no de Euclides da Cunha, esses mapas a que aludo são concretos: encontram-se impressos no livro.[11] E, mesmo assim... Pode-se dizer que Euclides da Cunha, ao longo de sua obra, não fez menos do que pôr por terra os mapas da nação tal como até aquele momento se organizavam, deslocando — através de uma escrita eminentemente dramática e dialética, que muitas vezes encena o próprio dilaceramento do autor diante dos fatos — os tradicionais lugares da barbárie e da civilização, trazendo os "Sertões" (por definição, aquela região que permanece longe dos olhos da maioria dos leitores e espectadores) para o centro de uma reflexão que não pode senão concluir pela falência do discurso republicano, que fora seu ponto de partida, mas também, mais profundamente, pela falsidade do discurso nacional, que tem na unidade seu pressuposto básico.

---

11 Cf. Euclides da Cunha, *Os Sertões (Campanha de Canudos)*, ed. Leopoldo M. Bernucci, Cotia: Ateliê e São Paulo: Arquivo do Estado e Imprensa Oficial, 2002 [1902], páginas não numeradas entre p. 70-71, 96-97, 160-161, 292-293.

Um leitor como Mário Faustino traça uma linha de separação, que é também uma linha de superação, entre o tipo de interpretação que oferece a obra de Drummond e o tipo que podem oferecer outros intérpretes que não sejam poetas (e que, sobretudo, não sejam Drummond...): "A poesia de Carlos Drummond de Andrade é documento crítico de um país e de uma época (no futuro, quem quiser conhecer o 'Geist' brasileiro, pelo menos de entre 1930 e 1945, terá que recorrer muito mais a Drummond que a certos historiadores, sociólogos, antropólogos e 'filósofos' nossos...)". A isso, curiosamente, se segue uma segunda definição da poesia drummondiana, segundo a qual esta seria também "um documento humano 'apologético do Homem'".[12] O que parece ser outro modo de repropor o dissídio, assinalado por Drummond na estrofe final de "Hino nacional", entre nação e povo — agora, no vocabulário de Faustino (que foi também, como se sabe, o de Euclides), "Homem". Guimarães Rosa — com empréstimo a uma expressão latina reiterada pelo Settembrini de *A montanha mágica* (*"homo humanus"*) — diria: "Existe é homem humano". E o dissídio — a cisão aparentemente intransponível — pode se fazer dialética. Daí que, a esta penúltima frase de *Grande sertão: veredas*, sobrevenham uma palavra decisiva *justamente porque não definitiva* — "Travessia" — e o símbolo matemático do infinito, a lemniscata — ∞.[13]

---

12 Mário Faustino, "Poesia-Experiência", *in*: Sônia Brayner (org.), *Carlos Drummond de Andrade: fortuna crítica*, Rio de Janeiro: Civilização Brasileira, 1978, p. 90.

13 Guimarães Rosa, *Grande sertão: veredas*, Rio de Janeiro: Nova Fronteira, 2011 [1956], p. 749.

Movimento que, de certo modo, já estava previsto na formulação drummondiana há pouco citada: "Nosso Brasil é no outro mundo".[14] E que depois voltaria a se reformular, também em Drummond, em forma de questão, em "A palavra e a terra", poema que constitui sozinho a seção "Origem", primeira de *Lição de coisas*, quase três décadas posterior a "Hino nacional": "Onde é Brasil?".[15]

Já em *Alguma poesia*, seu primeiro livro, Drummond conjugava a questão do Brasil, que é, para ele, naquele momento, 1930, a questão de um nacionalismo que o repugna, à questão da poesia, e isto num poema intitulado, com grande despudor, "Também já fui brasileiro":

> Eu também já fui brasileiro
> Moreno como vocês.
> Ponteei viola, guiei forde
> e aprendi na mesa dos bares
> que o nacionalismo é uma virtude.
> Mas há uma hora em que os bares se fecham
> e todas as virtudes se negam.
>
> Eu também já fui poeta.
> Bastava olhar para mulher,
> pensava logo nas estrelas
> e outros substantivos celestes.

---

14 Carlos Drummond de Andrade, "Hino nacional", *in*: *Brejo das almas* (1934), hoje em *Poesia 1930-62: edição crítica*, org. Júlio Castañon Guimarães, São Paulo: Cosac Naify, 2012, p. 174.

15 *Idem*, "A palavra e a terra", *in*: *Lição de coisas* (1962), hoje em *Poesia 1930-62: edição crítica*, org. Júlio Castañon Guimarães, São Paulo: Cosac Naify, 2012, p. 801.

Mas eram tantas, o céu tamanho,
minha poesia perturbou-se.[16]

A negação ou perturbação — simultâneas? consecutivas? — de uma coisa e de outra, do nacionalismo e da poesia, são transfiguradas por Drummond, enfim, como uma questão de *ritmo* — e, não menos, de *ironia*. Ambos, dados, agora, como perdidos:

Eu também já tive meu ritmo.
Fazia isto, dizia aquilo.
E meus amigos me queriam,
meus inimigos me odiavam.
Eu irônico deslizava
satisfeito de ter meu ritmo.
Mas acabei confundindo tudo.
Hoje não deslizo mais não,
não sou irônico mais não,
não tenho ritmo mais não.[17]

Essa perda do ritmo é crucial — e não é exclusiva de Drummond. Em 1924, Manuel Bandeira já havia publicado um livro intitulado precisamente *O ritmo dissoluto*.[18] Exercício interessante para uma história propriamente poética da literatura seria examinar — e sobretudo datar — o momento assinalado por diferentes escritores,

---

16 *Idem*, "Também já fui brasileiro", *in*: *Alguma poesia* (1930), hoje em *Poesia 1930-62: edição crítica*, org. Júlio Castañon Guimarães, São Paulo: Cosac Naify, 2012, p. 60.

17 *Idem*, *ibid.*, p. 60-61.

18 Manuel Bandeira, *O ritmo dissoluto* (1924), hoje em *Poesia completa e prosa*, Rio de Janeiro: Nova Aguilar, 1996, p. 179-197.

explícita ou implicitamente, como aquele da dissolução das principais categorias poetológicas. Entre estas, porém, certamente o ritmo tem especial importância na medida em que ele é o traço formal que comunica as obras com os corpos e com o cosmo. A afirmação da perda ou dissolução do ritmo é sempre, para o poeta, a afirmação de uma nova relação com o tempo e, portanto, com a história. Voltemos àquele poema de título tão emblemático, "A palavra e a terra" (porque, no fundo, talvez se trate sempre, na literatura, da relação entre palavra e terra); escreve Drummond: "O que se libertou da história, / ei-lo se estira ao sol, feliz".[19] E, ainda neste poema, repropõe a *inexistência* do país, de "Hino nacional", como *espaçamento da temporalidade* (o contrário de um seu *espessamento*[20]) e algo como uma pura exploração sensorial dos significantes como possibilidade de um novo sentido:

> Que importa este lugar
> se todo lugar
> é ponto de ver e não de ser?
> E esta hora, se toda hora
> já se completa longe de si mesma
> e te deixa mais longe da procura?

---

19 Carlos Drummond de Andrade, "A palavra e a terra", *in*: *Lição de coisas* (1962), hoje em *Poesia 1930-62: edição crítica*, org. Júlio Castañon Guimarães, São Paulo: Cosac Naify, 2012, p. 798.

20 "Ah! Dinamitem a casa dos Átridas, para que se dissolva / *A espessura* das gerações anteriores", escreve Murilo Mendes num poema de *A poesia em pânico* (1937). Cf. "A casa dos Átridas", hoje em *Poesia completa e prosa*, org. Luciana Stegagno Picchio, Rio de Janeiro: Nova Aguilar, 1994, p. 295-296. Grifo meu.

E apenas resta
um sistema de sons que vai guiando
o gosto de dizer e de sentir
a existência verbal
                    a eletrônica
e musical figuração das coisas?[21]

Não por acaso, o mesmo livro, *Lição de coisas*, inclui "Isso é aquilo"[22], todo ele um exercício exemplar disso que, nesses versos do desfecho de "A palavra e a terra", se formula, digamos, "teoricamente". Cito apenas a primeira das dez estrofes numeradas:

o fácil o fóssil
o míssil o físsil
a arte o infarte
o ocre o canopo
a urna o farniente
a foice o fascículo
a lex o judex
o maiô o avô
a ave o mocotó
o só o sambaqui[23]

---

21 Carlos Drummond de Andrade, "A palavra e a terra", *in*: *Lição de coisas* (1962), hoje em *Poesia 1930-62: edição crítica*, org. Júlio Castañon Guimarães, São Paulo: Cosac Naify, 2012, p. 802.

22 *Idem*, "Isso é aquilo", *in*: *Lição de coisas* (1962), hoje em *Poesia 1930-62: edição crítica*, org. Júlio Castañon Guimarães, São Paulo: Cosac Naify, 2012, p. 876-881.

23 *Idem*, *ibid.*, p. 876.

O adjetivo "eletrônica" em "A palavra e a terra", assim como o substantivo "míssil" nessa estrofe de "Isso é aquilo", deixa claro que entramos já, aqui, num regime epocal que talvez se possa chamar de "pós-história" — o livro é de 1962 e inclui também um poema, imediatamente anterior a "Isso é aquilo" na ordenação interna, chamado "A bomba"[24], um poema do mundo que tentava se reconstruir depois da devastação de Hiroshima e Nagasaki. Vilém Flusser, alguns anos depois, definiria a pós-história como o "processo circular que retraduz textos em imagens", processo este proporcionado pela emergência de um mundo pós-industrial dominado pelos "aparelhos", isto é, por aquelas máquinas que, conforme se depreende da etimologia, estão sempre "à espreita para saltar à espera de algo", como uma fera no instante da caça.[25] Determinante também, na definição flusseriana de aparelho, é o fato de ele funcionar a partir de uma programação que seu operador imediato nunca domina por completo; operador este que, justamente porque não a domina, não hesita em esgotar a programação, desenvolver todas as suas potencialidades, realizá-la plenamente — inconsciente das consequências dessa plena realização.[26] A câmera fotográfica é o aparelho por excelência para Flusser; mas podemos nos perguntar se não será também a bomba — o "míssil" — um aparelho nesse sentido. Não vale para aquele que

---

24 *Idem*, "A bomba", *in*: *Lição de coisas* (1962), hoje em *Poesia 1930-62: edição crítica*, org. Júlio Castañon Guimarães, São Paulo: Cosac Naify, 2012, p. 869-875.

25 Cf. Vilém Flusser, *Filosofia da caixa preta: ensaios para uma futura filosofia da fotografia*, São Paulo: Annablume, 2011 [1985], p. 19 e 37-38.

26 Cf. *Idem, ibid.*, p. 42-48.

lançou a bomba sobre Hiroshima, ou para aquele que hoje opera um drone homicida, o que diz Flusser sobre a relação do fotógrafo com o aparelho? "[...] o programa do aparelho deve ser impenetrável para o fotógrafo, em sua totalidade. Na procura de potencialidades escondidas no programa do aparelho, o fotógrafo nele se perde".[27]

No capítulo introdutório — "O chão que pisamos" — do livro intitulado exatamente *Pós-história*, Flusser compara a vacuidade dos nossos dias com a vacuidade barroca para concluir que são, a rigor, incomparáveis:

> A humanidade barroca avançava sobre palco. Todos os seus gestos, até os mais sinceros, eram marcados de teatralidade. A vacuidade que ressoava nos seus passos era a do vazio debaixo do palco. O homem barroco representava. Por exemplo, representava a fé, ao fazer guerras religiosas. A vacuidade barroca era consequência da perda de fé medieval, da fé em dogmas. A nossa vacuidade é diferente. Nada representamos. O nosso mundo não é o palco. Não somos atores, e se agimos, não é para representar um drama, mas para despistar a atenção da plateia e a nossa própria dos assuntos que interessam realmente. Agimos, como criminosos que querem apagar a pista dos seus passos passados. Disfarçamos. O nosso progresso é farsa. [...] um evento incomparável, inaudito, jamais visto, ocorreu recentemente e esvaziou o chão que pisamos. *Auschwitz*. Outros eventos posteriores, Hiroshima, os Gulags, não passam de variações desse primeiro. Por isto toda tentativa para captar a atualidade desemboca na pergunta: como era possível Auschwitz? Como viver depois disto?[28]

---

27 *Idem, ibid.*, p. 43.

28 *Idem, Pós-história: vinte instantâneos e um modo de usar*, São Paulo: Duas Cidades, 1983, p. 9-10.

Desdobramento possível dessa pergunta já desdobrada: “onde é Brasil”, depois de Auschwitz e Hiroshima?

O Brasil não é, a rigor, um país ocidental; mas pode ser dito — como todos os países latino-americanos, cujas sociedades e culturas resultam de complexos processos de colonização e contracolonização — *pós-ocidental*. Nesse sentido, como deixam claro livros como *A rosa do povo*, de Drummond, e *Poesia liberdade*, de Murilo Mendes, livros atravessados pelas imagens da Segunda Guerra Mundial, a tragédia do Ocidente — tragédia não barroca, mas contemporânea — também nos concerne, ainda que de forma translada e diferida. Flusser, com razão, frisa que a pergunta sobre como foi possível Auschwitz “diz respeito, não apenas aos que são responsáveis, direta ou indiretamente pelo evento, nem apenas aos que por ele ficaram atingidos direta ou indiretamente: diz respeito a todos os participantes da nossa cultura. Porque o que é tão incomparável, inaudito, jamais visto, e portanto incompreensível em Auschwitz [ou em Hiroshima], é que lá a cultura ocidental revelou uma das virtualidades nela inerentes. Auschwitz é *realização característica* da nossa cultura”.[29] Mais precisamente:

> Não é apenas produto de determinada ideologia ocidental, nem de determinadas técnicas industriais “avançadas”. Brota diretamente do fundo da cultura, dos seus conceitos e dos seus valores. A possibilidade de se realizar Auschwitzs [saliento o plural de Flusser] está implícita na nossa cultura desde o seu início: o “projeto” ocidental a abrigava, embora enquanto

29 *Idem, ibid.*, p. 10.

> possibilidade remota. Está no *programa* inicial do Ocidente, o qual vai realizando todas as suas virtualidades, na medida em que a história vai-se desenrolando. [...] o que está em questão não é o campo de extermínio, mas o Ocidente.[30]

Daí surge uma nova pergunta: "[...] como viver em cultura destarte desmascarada?".[31] Esta pergunta traz embutida a constatação de que "engajarmo-nos no 'progresso da cultura'" é hoje "impossível", uma vez que significaria "engajarmo-nos no nosso próprio aniquilamento". " O que nos resta é analisarmos o evento Auschwitz em todos os detalhes, para descobrirmos o projeto fundamental que lá se realizou pela primeira vez, para podermos nutrir a esperança de nos projetarmos fora do projeto. Fora da história do Ocidente". É isso a *pós-história* para Flusser; ou, mais exatamente, "o clima 'pós-histórico' no qual somos condenados a viver doravante".[32]

---

30 *Idem, ibid.*, p. 10-11.

31 *Idem, ibid.*, p. 11. É nesse ponto que Flusser interpretará Auschwitz como *aparelho* — "aparelho de extermínio": "O inaudito em Auschwitz não é o assassinato em massa, *não* é o *crime*. É a *reificação* derradeira de pessoas em objetos informes, em cinza. A tendência ocidental rumo à objetivação foi finalmente realizada, e o foi em forma de *aparelho*. Os SS eram funcionários de um aparelho de extermínio, e suas vítimas funcionaram em função do seu próprio aniquilamento. O programa do campo de extermínio, uma vez posto em funcionamento, se foi desenvolvendo de maneira automática, autônoma de decisões dos programadores iniciais, até se, como efetivamente o fez, contribuiu para a derrota dos programadores". Podemos nos perguntar se não é a máquina colonial — com o genocídio dos indígenas, a exploração do trabalho escravo dos africanos, a apropriação da terra — um aparelho nesse sentido.

32 *Idem, ibid.*, p. 15.

E se a questão de início, aqui, era a perda do ritmo, não por acaso Vilém Flusser dedicará um capítulo de sua análise da pós-história a "Nosso ritmo", capítulo no qual observa que "o ritmo da vida em sociedade de massa é manifestação do 'eterno retorno do sempre idêntico como vontade do poder' no sentido antinietzschiano".[33] Os lugares de realização desse eterno retorno são, para Flusser, os dois sucedâneos da basílica antiga na cidade contemporânea: o supermercado e o cinema; o primeiro, visto por ele como simulacro de "espaço político", o segundo, como simulacro de "espaço teórico".[34] Mas conclui Flusser, depois de examinar o funcionamento síncrono e circular do supermercado e do cinema como lugares de programação do comportamento da massa:

> O supermercado e o cinema são asas de apenas um dos numerosos ventiladores que nos inspiram. De apenas um dos numerosos moinhos de vento que giram sobre as nossas cabeças. Tal giração, de mais em mais autônoma de interferência humana, nos vai moendo em farinha amorfa a todos. Toda tentativa de rebelarmo-nos contra os moinhos de vento é quixotesca. A única esperança em tal situação é a conscientização da estupidez absurda da rotação automática que nos propele. A conscientização do fato que, por detrás da rotação, não se "esconde" literalmente nada. Que é a rotação absurda que é a realidade do mundo dos aparelhos. Com tal consciência podemos pelo menos esperar sermos propelidos centrifugamente para fora do funcionamento, e em direção do nada.[35]

---

33 *Idem, ibid.*, p. 70.

34 *Idem, ibid.*, p. 65.

35 *Idem, ibid.*, p. 71. Sobre história e pós-história em Flusser, cf. Rodrigo Duarte, *Pós-história de Vilém Flusser: gênese-anatomia--desdobramentos*, São Paulo: Annablume, 2012.

Outro ritmo — uma espécie de contrarritmo, se tomarmos como padrão "o ritmo da vida em sociedade de massa" — é ressaltado num momento central do ensaio flusseriano de "interpretação do Brasil", que tem o título de *Fenomenologia do brasileiro: em busca de um novo homem*. No capítulo dedicado à "Cultura", após definir o Brasil como uma "sociedade não-histórica constantemente irrigada pela história"[36] e propor que "o nível básico não-histórico é dominado por elementos negros" (para Flusser, que nesse ponto adota deliberadamente a terminologia biológica, haveria uma "dominância" da cultura africana e uma "recessividade" dos traços culturais indígenas e portugueses na constituição da singularidade brasileira[37]), o filósofo diz que o "termo-chave" para se compreender o que aí está em questão é "ritmo":

> A teoria da comunicação distingue entre fenômenos diacrônicos e sincrônicos na cultura, e revela estruturas fundamentais em tais fenômenos que podem ser classificadas segundo estas categorias. O ritmo é um aspecto diacrônico, no sentido de permitir dissolver as estruturas em sequências organizadas. Pois há um ritmo nitidamente africano e que pode ser constatado em praticamente todos os fenômenos culturais [...]. É este o fato principal que ocorre quando se fala em cultura brasileira no estrangeiro, embora o estrangeiro se concentre sobre manifestações acrobáticas (neste sentido: prostituídas) do ritmo. Por exemplo, o ritmo de um Pelé, de uma dançarina

36 Vilém Flusser, *Fenomenologia do brasileiro: em busca do novo homem*, org. Gustavo Bernardo, Rio de Janeiro: Eduerj, 1998 [1994], p. 132.

37 *Idem, ibid.*, p. 134.

> ou de uma orquestra em *night club* [...]. Na realidade o ritmo fundamental não se manifesta principalmente em acrobacias, nem necessariamente em "obras" (as quais, como sambas e lutas lúdicas, não passam de epifenômenos), mas nos gestos do dia-a-dia, gestos estes que injetam um elemento ritual e sacral no cotidiano que distingue radicalmente o ambiente brasileiro de outros. O andar rítmico das meninas e moças, os passos de dançarino dos rapazes na rua (acompanhados de olhar e sorriso interiorizados, como que para manifestar o poder do ritmo sobre o espírito), o constante bater em caixas de fósforos e com colheres, o uso das máquinas de escrever nos escritórios como se fossem tambores, a transformação de martelos em atabaque, a graça dos gestos dos moleques que jogam futebol, até a elegância dos movimentos nas brigas de rua, tudo isso é manifestação de uma profunda cultura. O vulgar e o cinzento que caracterizam o cotidiano nos países históricos são substituídos aqui por elemento extático e religioso que permeia o ambiente todo, de forma que todos, não apenas negros e mulatos, são arrastados pelo ritmo. A síncope africana e a alta organização (sofisticada) do movimento do corpo atestam que se trata de cultura em sentido radical, e faz com que viver no Brasil seja vivenciar ininterruptamente cultura, embora nem sempre o fato esteja presente.[38]

Daí que, segundo Flusser, não se possa chamar a sociedade brasileira de *cristã* "no sentido verdadeiro do termo": "Religião não é o que se crê, mas como se vive. O brasileiro vive o ritmo sacral do corpo e dos sentidos do corpo, e vive a beleza do corpo e dos sentidos ritualizada, portanto sacralizada. A sua vida é constante hierofanização do imanente. E, para o cristianismo, o corpo

---

38 *Idem, ibid.*, p. 136-137.

não passa de vaso da alma, desprezível e sacrificável em relação com a alma".[39]

A "pós-história" — época do predomínio dos aparelhos, época da dissolução dos ritmos originários e da perda dos gestos correspondentes[40], época da negação da "não-história", característica de uma sociedade como a brasileira, em nome de sua reinscrição, sempre deficitária e subalterna, numa "história" já perempta, a do Ocidente — é figurada por Drummond como um sistema de bruscas equivalências: o tempo do "míssil" (a inscrição do futuro no presente como destruição da própria ideia de futuro) é também o tempo do "fóssil" (a inscrição do passado no presente como realização do "programa", no sentido que Flusser dá a essa palavra, mas também, talvez, como imagem de um outro caminho que, perdido outrora, resta, por isso mesmo, porque não realizado de todo, ainda *possível*. É nesse sentido que Oswald propunha uma "Errática", ou "ciência do vestígio errático", como prática arqueológica — chega a falar em "paleontologia social" — capaz de

---

39 *Idem, ibid.*, p. 137. Fico me perguntando o que diria Flusser hoje, se confrontado à expansão violenta das igrejas evangélicas nos últimos anos, com consequências tenebrosas para as religiões de matriz africana, cujos praticantes se tornaram vítimas preferenciais das campanhas de difamação de pastores inescrupulosos. Dessas campanhas, por exemplo, resultou que, em diversas favelas dominadas por grupos criminosos capitaneados por evangélicos, praticantes do candomblé e de outras religiões afro-brasileiras tenham de ocultar signos exteriores de sua crença, como as vestes rituais — a começar pela simples roupa branca tradicionalmente usada às sextas-feiras.

40 Esse aspecto mereceria ser examinado de uma perspectiva dialética. Afinal, a dissolução dos ritmos e a perda dos gestos pode ser também um primeiro passo rumo a uma nova rítmica e a uma nova gestualidade — mais livres.

identificar nos traços da história, nos *fósseis*, o caminho utópico de que nos extraviamos, mas que pode e deve ser recuperado, e que para ele era o caminho do Matriarcado e da Antropofagia.[41] É "o míssil" também "o físsil", como é "o fóssil" também "o fácil": um sistema de equivalências é também um sistema de aberturas, algo como um regime extático dos significantes (tudo pode ser tudo) que resulta num regime dialético dos significados (tudo se contrapõe a tudo). O próprio verbo *ser*, numa fórmula como "Isso *é* aquilo", comporta menos identidade do que diferença e transformação: se tudo é tudo, nada mais é o que era. O segundo termo de cada verso põe em questão profundamente o sentido do primeiro, assim como o fazem, em alguma medida, os termos posteriores de toda uma estrofe ou de todo o poema com relação a tudo aquilo que veio antes. Por toda parte, opõe-se sobretudo a gravidade à graça, ou vice-versa, num jogo que poderíamos talvez interpretar, a partir de Flusser, como uma espécie de gráfico instável das relações entre história e não-história, ou ainda entre história e pós-história. Daí que "a arte" seja "o infarte"(o corpo como obstrução contra a tradição); "a urna", "o farniente" (o corpo como vagabundagem contra a morte[42]); "a lex", "o judex" (isto é, em latim, "a lei", "o juiz": o corpo como animação contra a letra fria).

---

41 Oswald de Andrade, "A crise da filosofia messiânica" (1950), *in*: *A utopia antropofágica*, São Paulo: Globo e Secretaria de Estado da Cultura, 1990, p. 111.

42 Sobre *urna* como signo da morte em Drummond, cf. a última seção — "Errante" — do poema "Cemitérios", *in*: *Fazendeiro do ar* (1955), hoje em *Poesia 1930-62: edição crítica*, org. Júlio Castañon Guimarães, São Paulo: Cosac Naify, 2012, p. 706.

Mas que essas três equações da primeira estrofe, aqui destacadas, não enganem o leitor: nem sempre se anda no caminho do que pode ser visto como mais liberdade. As relações são complexas, por vezes renitentemente enigmáticas (não por acaso, a última palavra do poema repropõe o enigma mallarmeano do "ptyx"), e um "índio" pode ser não previsível "lenda" (mito), mas "lêndea" (que designa não apenas o ovo do piolho, mas também, pelo menos no Nordeste brasileiro — e para os leitores de dicionários, como sempre foi Drummond —, aquilo que é muito pequeno, que é insignificante, a migalha).

Não esqueçamos que um dos livros decisivos da literatura brasileira moderna é uma história de índio, em que a lenda está o tempo todo jogando com o risco da "lêndea", o mito questionando desde dentro e por dentro a literatura, mas também a história. *Macunaíma* — escrito a partir de 1926, publicado em 1928, poucos anos, portanto, depois de *O ritmo dissoluto* e quase às vésperas de *Alguma poesia* — é um livro que talvez encene, antes de tudo, uma semelhante busca pela libertação da história. A questão implícita em *Macunaíma*, e também na contemporânea Antropofagia oswaldiana, parece ser sempre: como se colocar "fora da história do Ocidente"? No entanto, a libertação da história, ao cabo, não resulta num corpo vivo que "se estira ao sol, feliz" (como leríamos em Drummond), mas, sim, num corpo despedaçado e rejuntado "com sapé e cola de peixe" que, por obra da lógica mítica, se torna constelação (já Macunaíma, muito antes de Macabéa, tem sua "hora da estrela").

É grande a tentação de se interpretar o personagem de Mário de Andrade como uma espécie de símbolo da nação. O final da primeira frase do livro parece em alguma medida contradizer o subtítulo que nos fala de um "herói sem nenhum caráter": "No fundo do mato-virgem nasceu Macunaíma, *herói de nossa gente*".[43] A expressão é retomada naquela que é, a rigor, a última frase do livro, à qual se segue apenas um "Tem mais não" com valor de *explicit*. O sentido da combinação das duas expressões — "herói sem nenhum caráter" e "herói de nossa gente" — parece ficar mais claro no prefácio escrito logo depois de concluída a primeira versão do texto e não publicado pelo autor. Diz ali Mário de Andrade:

> O que me interessou por Macunaíma foi incontestavelmente a preocupação em que vivo de trabalhar e descobrir o mais que possa a entidade nacional dos brasileiros. Ora depois de pelejar muito verifiquei uma coisa que parece certa: o brasileiro não tem caráter. [...] E com a palavra caráter não determino apenas uma realidade moral não em vez entendo a entidade psíquica permanente, se manifestando por tudo, nos costumes, na ação exterior no sentimento na língua da História da andadura, tanto no bem como no mal. [...] O brasileiro não tem caráter porque não possui nem civilização própria nem consciência tradicional. Está que nem o rapaz de vinte anos: a gente mais ou menos pode perceber tendências gerais, mas, ainda não é tempo de afirmar coisa nenhuma.[44]

Leyla Perrone-Moisés chama a atenção para o fato de que Mário, nesse parágrafo, fala em "entidade nacional dos

---

43 Mário de Andrade, *Macunaíma. O herói sem nenhum caráter*, ed. crítica Telê Porto Ancona Lopez, São Paulo: Edusp, 1996 [1928] (Colección Archivos), p. 5. Grifo meu.

44 Mário de Andrade, reproduzido *in*: Telê Ancona Porto Lopez, *Macunaíma: a margem e o texto*, São Paulo: Hucitec, 1974, p. 87.

brasileiros", e não em *identidade nacional brasileira*, o que seria coisa muito diversa.[45] Do mesmo modo, o próprio Mário, no início desse prefácio, diz — como para se prevenir de quem quisesse ver em seu personagem uma representação simbólica do Brasil — que "Macunaíma não é símbolo nem se tome os casos dele por enigmas ou fábulas".

Mário, ainda nas anotações para o prefácio não concluído (numa espécie de comentário ou adendo ao que escrevera antes e datara de 19 de dezembro de 1926), assinala:

> (Um dos meus interesses [ao escrever *Macunaíma*] foi desrespeitar lendariamente a geografia e a fauna e a flora geográficas. Assim desregionalizava o mais possível a criação ao mesmo tempo que conseguia o mérito de conceber literariamente o Brasil como entidade homogênea = um conceito étnico nacional e geográfico.)
>
> (dizer também que não estou convencido pelo fato simples de ter empregado elementos nacionais, de ter feito obra brasileira. Não sei se sou brasileiro. É uma coisa que me preocupa e em que trabalho porém não tenho convicção de ter dado um passo grande pra frente não.)[46]

Essa fuga da geografia — na verdade, proposição de uma outra geografia, que não corresponde mais aos limites do espaço nacional — é levada ao limite no segundo prefácio

---

45 Cf. Leyla Perrone-Moisés, "Macunaíma e a 'entidade nacional brasileira'", *in*: *Vira e mexe, nacionalismo: paradoxos do nacionalismo literário*, São Paulo: Companhia das Letras, 2007, p. 188-209.

46 Mário de Andrade, reproduzido em Telê Ancona Porto Lopez, *Macunaíma: a margem e o texto*, São Paulo: Hucitec, 1974, p. 89.

(também não publicado) que Mário escreve em março de 1928:

> Me parece que os milhores elementos duma cultura nacional aparecem nele [i.e. em *Macunaíma*]. [...] Possui aceitação sem timidez nem vanglória da entidade nacional e a concebe tão permanente e unida que o país aparece desgeograficado no clima na flora na fauna no homem, na lenda, na tradição histórica até quanto isso possa divertir ou concluir um dado sem repugnar pelo absurdo. Falar em "pagos" e "querências" [isto é, usar expressões típicas da geografia vernacular sul-riograndense] em relação às terras do Uraricoera é bom. Além disso possui colaboração estrangeira e aproveitamento dos outros, complacente, sem temor, e sobretudo sem o exclusivismo de todo ser bem nascido prás idéias comunistas. O próprio herói do livro que tirei do alemão de Koch-Grünberg, nem se pode falar que é do Brasil. É tão ou mais venezuelano como da gente e desconhece a estupidez dos limites pra parar na "terra dos ingleses" como ele chama a Guiana inglesa. Essa circunstância do herói do livro não ser absolutamente brasileiro me agrada como o quê. [...]
>
> Agora: não quero que imaginem que pretendi fazer deste livro uma expressão de cultura nacional brasileira. Deus me livre. É agora, depois dele feito que me parece descobrir nele um *sintoma de cultura nossa*.[47]

Frise-se, aí, que a *desgeograficação* — que é, antes de tudo, fuga da circunscrição nacional e invenção de outros enredos, digamos, metageográficos — não conduz apenas da nação ao espaço externo, mas também, ou

47 *Idem, ibid.*, p. 90-91. Grifo meu.

sobretudo, comporta um aprofundamento no espaço interno, aprofundamento este que, no entanto, não se confunde com nenhum regionalismo, porque passa longe de qualquer exclusividade regional: é antes, como já se disse, *desregionalização*. E ainda se lê, no mesmo texto:

> Só não quero é que tomem Macunaíma e outros personagens como símbolos. É certo que não tive intenção de sintetizar o brasileiro em Macunaíma nem o estrangeiro no gigante Piaimã.[48]

Essa noção de "sintoma de cultura nossa" — que deve ser lida em paralelo com aquele "herói de nossa gente" que, no entanto (abalando o princípio de identidade implícito em "nossa"), não tem "nenhum caráter" — merece ser desdobrada. O próprio Mário de Andrade o faz em outras anotações esparsas:

> Sintoma de cultura
>
> Uma colaboração pontual do nacional e o internacional onde a fatalidade daquele se condimenta com uma escolha discricionária e bem a propósito deste. O que dá o tom sendo pois um universalismo constante e inconsciente que é porventura o sinal mais evidente da humanidade enfim concebida como tal. Coisa que a gente já pode sentir.[49]

Se o que interessa para Mário é sinalizar a indefinição em que então se vivia e não traçar estratégias

---

48 *Idem, ibid.*, p. 91.

49 *Idem, ibid.*, p. 94-95.

para a superação da indefinição, pode-se ver, portanto, a indefinição menos como resultado de uma dúvida sobre a forma da nação — dúvida que, se assim fosse enunciada, poderia redundar numa única resposta — do que como constatação da inviabilidade de qualquer concepção exclusiva (e excludente) de nação, e isso justamente no momento em que o desejo de nação se coloca de modo mais claro como projeto político-literário. Mais do que as emanações da imanência (a potência do povo) e as proclamações da eminência (o poder do Estado), valem as hesitações da *iminência*. Tudo, aí, é risco e pressentimento, mal-estar e não-saber; em suma, numa palavra, *sintoma*:

> Nas épocas de transição social como a de agora é duro o compromisso com o que tem de vir e quase ninguém não sabe. Eu não sei. Não desejo a volta do passado e por isso já não posso tirar dele uma fábula normativa. Por outro lado o jeito de Jeremias me parece ineficiente. O presente é uma neblina vasta. [...] Se trata duma verdadeira impossibilidade, a pior de todas, a de nem saber o nome das incógnitas.[50]

É evidente, na configuração dramática, de debate interno e não resolvido, dessas anotações, que Mário de Andrade compôs sua rapsódia menos como uma resposta do que como uma interrogação, e que o *sintoma*, nele, não é signo totalmente involuntário, como na semiologia médica convencional, mas uma combinação de "fatalidade" e "escolha", como na psicanálise (e Mário, não esqueçamos, foi leitor de Freud e constantemente se apropriou

50 *Idem, ibid.*, p. 92.

de conceitos psicanalíticos para suas reflexões).[51] E não deixa de ser curioso que "fatalidade", para Mário, seja o elemento "nacional", e "escolha", o "internacional" — que logo, porém, se revela, diríamos, elemento *cósmico*, já que nos diz da ausência de fronteiras de um "universalismo constante e inconsciente", de uma "humanidade enfim concebida como tal".

Talvez possamos nos lembrar, aqui, de Jacques Lacan, que, em seu seminário de 1975-1976, desenvolveu importantes considerações sobre o *sintoma* (ou, conforme passou a escrever, recorrendo a uma grafia antiga, *sinthoma*[52]) a partir de uma análise da obra de James Joyce, considerações que passam, já de início, pelo espanto, que é, antes de tudo, contrariedade, diante da "missão" que se impusera o escritor irlandês na juventude, por meio de seu personagem Stephen Dedalus; missão, de resto, análoga, em certa medida, àquela assumida por Mário ao compor o *Macunaíma*: criar, por meio da literatura, "a consciência incriada de minha raça"

---

51 Cf. Aline Borba Maia, Cynthia Pereira de Medeiros e Flávio Fontes, "O conceito de sintoma na psicanálise: uma introdução", *Estilos da Clínica*, 17/1 (2012), p. 44-61. Sobre Mário de Andrade e a apropriação de conceitos da psicanálise, há o caso exemplar da *Verdrängung* freudiana — o que usualmente conhecemos por *recalque* — traduzido por ele como *sequestro*. Cf. Telê Porto Ancona Lopez, *Mário de Andrade: ramais e caminho*, São Paulo: Duas Cidades, 1972, p. 106. Haroldo de Campos, *Morfologia do Macunaíma*, São Paulo: Perspectiva, 1973, p. 277 e 298. Haroldo de Campos retomaria o conceito freudiano tal como traduzido por Mário no título de *O sequestro do barroco na* Formação da literatura brasileira, Salvador: Fundação Casa de Jorge Amado, 1989.

52 Em francês, *sinthome* em vez de *symptôme*.

(é o que se lê no final de *Um retrato do artista quando jovem*).[53] Sobre isso, diz Lacan:

> Stephen é Joyce na medida em que decifra seu próprio enigma. Ele não vai longe porque crê em todos os seus sintomas. É muito impressionante. Começa por crer em sua raça. Quanto a começar, de fato ele começou bem antes, cuspiu uns trechinhos, até mesmo poemas, e não é o que fez de melhor. Mas, caramba, ele crê em coisas como a *consciência incriada de minha raça*. Encontramos isso no final de *Um retrato do artista*. É evidente que isso não vai longe. [...] crer que haja uma consciência incriada de qualquer raça é uma grande ilusão.[54]

Se o jovem Joyce "não vai longe porque crê em todos os seus sintomas", a saída talvez esteja em encontrar uma "boa maneira" de lidar com os sintomas. "A boa maneira", esclarece Lacan, "é aquela que, por ter reconhecido a natureza do *sinthoma*, não se priva de usar isso logicamente, isto é, de usar isso até atingir seu real, até se fartar."[55] Nunca questão de *raça* — mas questão, antes de tudo, de *língua*. De fato, é sobretudo na reinvenção da língua pelos escritores que a literatura coincide com essa "boa maneira" e, de certo modo, com o próprio sintoma. Isso é especialmente verdadeiro no caso de escritores que se veem forçados a escrever na língua do invasor ou colonizador, como ocorreu com Joyce e Mário. Afinal, neles, é levada às últimas consequências a constatação, válida para

53 Jacques Lacan, *O seminário, livro 23: o sinthoma*, trad. Sérgio Laia, Rio de Janeiro: Zahar, 2007 [1975-1976], p. 23.

54 *Idem, ibid.*, p. 67-68

55 *Idem, ibid.*, p. 16.

todos nós (a "humanidade enfim concebida como tal"...), de que não escolhemos "falar a língua que efetivamente falamos":

> Com efeito, apenas imaginamos que a escolhemos. E o que resolve a coisa é que, no final das contas, criamos essa língua. Isso não está reservado às frases em que a língua se cria. Criamos uma língua na medida em que a todo instante damos um sentido, uma mãozinha, sem isso a língua não seria viva. Ela é viva porque a criamos a cada instante. É por isso que não há inconsciente coletivo. Há apenas inconscientes particulares, na medida em que cada um, a cada instante, dá uma mãozinha à língua que ele fala.[56]

Talvez seja o caso de, mais uma vez, retornarmos ao verso derradeiro do "Hino nacional" de Drummond, reinterpretando-o de novo, de novo imperfeitamente, agora à luz de Lacan. "Nenhum Brasil existe": "Não há inconsciente coletivo", não há "consciência incriada de qualquer raça". "E acaso existirão os brasileiros?": "Há apenas inconscientes particulares", que insistem na língua, numa língua nunca de todo própria, mas também nunca totalmente estrangeira, língua, por isso mesmo, em permanente recriação, língua em estado de bloqueio e inexistência tanto quanto de travessia e infinito. O sintoma, por oposição ao símbolo, nos diz de uma *resistência à interpretação* que é também um salto à poesia como *reinvenção da linguagem*. E reinventar a linguagem é reinventar muita coisa mais. Se a poesia, por um lado, é a arte

56 *Idem, ibid.*, p. 129.

que nos leva a constatar, sempre de novo, que ainda não há povo e ainda não há língua, que talvez nunca haja povo nem língua, que povo e língua são fundamentos faltantes para a fala de cada um (e, no entanto, se fala...), por outro, é também o experimento que nos permite criar, a um só tempo, um povo para uma língua e uma língua para um povo; ou antes: muitos povos para muitas línguas, todos os povos, todas as línguas.

A "RASURA DO TRÁGICO" COMO OPERAÇÃO INFINITA

"os fins obscuros que persigo"

Eduardo Lourenço,
"Guimarães Rosa ou o terceiro sertão" (1997)

"Da literatura brasileira como rasura do trágico": o título do ensaio de Eduardo Lourenço — escrito em 1984, apresentado como conferência no mesmo ano e publicado só em 1998, como primeiro texto do primeiro número da *Terceira Margem: Revista do Centro de Estudos Brasileiros* da Universidade do Porto — sintetiza todo um programa de interpretação e reflexão que vinha de longe, das primeiras leituras de literatura brasileira, ainda na década de 1940, de que dão testemunho seus ensaios de 1945 sobre Mário de Andrade, por ocasião da morte do autor de *Macunaíma*, e sobre os "novos romances" de Jorge Amado e José Lins do Rego. Mas esse programa talvez não tenha vindo menos da experiência direta do Brasil durante o breve — porém, ao que parece, marcante — período em que morou em Salvador e deu aulas de filosofia na Universidade da Bahia, entre maio de 1958 e meados de 1959.[57] O próprio Lourenço, vale lembrar, atribuía àqueles

57 Eduardo Lourenço, "Mário de Andrade: o homem e o sistema" (1945) e "Novos romances brasileiros" (1945), *in*: *Tempo brasileiro: fascínio e miragem*, org. Maria de Lourdes Soares, Lisboa: Calouste Gulbenkian, 2018, p. 97-101 e 103-106. O segundo texto já havia sido recuperado, antes, em *Do Brasil: fascínio e miragem*, org. Maria de Lourdes Soares, Lisboa: Gradiva, 2015, p. 43-49.

meses passados no Brasil a intuição do que se revelaria a questão central de sua obra. Como disse numa entrevista concedida a Rui Moreira Leite em 2000, durante uma viagem ao país: "Foi aqui, no Brasil, que, paradoxalmente, comecei a interessar-me por este tema do império, da colonização, e no fundo foi aqui que nasceu a ideia de que não se podia ter uma leitura da história portuguesa, da cultura portuguesa, sem conhecer esta outra parte do que tinha sido o império português. Em última análise, portanto, todo o *arrière plan* d'*O labirinto da saudade* tem a ver com a minha estada na Bahia".[58]

Essa longa radicação do ensaio sobre a "rasura do trágico" não condiciona, porém, uma concepção estática ou clausurada da literatura brasileira, muito pelo contrário. Talvez tenha sido justamente esse prolongamento por décadas da reflexão sobre as obras literárias produzidas no Brasil, a que se somou a observação também distendida, embora tantas vezes pontualmente intensificada, de outros aspectos da cultura e da história do país, a propiciar o diagnóstico da rasura do trágico como traço característico dessa literatura. Mas também, e sobretudo, a conferir a devida complexidade a tal diagnóstico. E a própria ambivalência, quando não aversão, de Eduardo Lourenço diante de parte daquilo que, no Brasil, excede a literatura torna mais dinâmica essa percepção, exigindo dos leitores dessas leituras (por exemplo, nós) uma mobilidade crítica, em alguma medida análoga à dele,

---

58 *Idem*, "A miragem brasileira (Entrevista por Rui Moreira Leite)" (2000), *in*: *Do Brasil: fascínio e miragem*, org. Maria de Lourdes Soares, Lisboa: Gradiva, 2015, p. 249-250.

que não tome como definitivo nenhum patamar interpretativo alcançado e que, fiel a essa abertura, ao desejo de abrangência que lhe era inerente e à continuidade objetiva dos processos descritos no ensaio, insista nos parâmetros que o crítico estabeleceu com base num intervalo histórico determinado e num *corpus* circunscrito (na primeira publicação, em revista, havia um subtítulo: "De Machado de Assis a Clarice Lispector"), não para ver os textos literários e outros objetos culturais posteriores simplesmente confirmarem os juízos e os sentidos já mais ou menos assentados — pelo contrário, para auscultar, nesses novos textos e objetos, os desdobramentos possíveis, ainda que imprevistos, ou sobretudo porque imprevistos, e até antitéticos e questionadores, com relação àquele programa de interpretação e reflexão. Foi, afinal, o próprio Eduardo Lourenço quem sugeriu que "o verdadeiro crítico é aquele que não compreende a obra [ou, aqui, a sequência de obras: a 'literatura brasileira'] e anteviu (um pouco) as razões por que não pode compreendê-la".[59]

Não por acaso, o crítico começa o ensaio sobre a "rasura do trágico" assinalando as contradições, verdadeiras ou aparentes, não só da literatura brasileira, mas também da perspectiva crítica pela qual examina essa literatura. É mesmo a um enlace de contradições, objetivas e subjetivas, a que assistimos aí, e será razoável supor que umas condicionam as outras, sendo, porém, provavelmente infrutífero tentar individuar um sentido único para o

59 *Idem*, "Crítica, obra e tempo" (1968), *in*: *O canto do signo: existência e literatura (1957-1993)*, Lisboa: Presença, 1994, p. 51.

que parece ser antes uma mútua e tensa determinação, em que, como em toda boa crítica, os objetos produzem as perspectivas tanto quanto as perspectivas produzem os objetos. A primeira frase do ensaio pode ser lida como uma cobrança de racionalidade dirigida ao Brasil e à sua literatura a partir da constatação da originalidade violenta do país — e, portanto, também como expressão de uma decepção, se esta é, de fato, a palavra (talvez seja mais adequado, de acordo com o próprio Lourenço, insistir na ideia de *incompreensão*, com a correspondente antevisão das razões de não compreender):

> Espaço original de confronto entre homens de culturas diferentes, sociedade esclavagista, em seguida, continente de abismais diferenças de estatuto económico e social, o Brasil parecia vocacionado para terra de eleição de uma literatura particularmente sensível ao que Unamuno chamou o «sentimento trágico da vida e dos povos». Contudo, poucas vezes os célebres esquemas da sociologia cultural à Taine se revelarão mais inadequados do que no caso do Brasil. Pelo menos, na aparência. Com efeito, mesmo quem tenha da literatura brasileira um conhecimento superficial não deixará de ficar impressionado com a presença nela de uma espécie de estratégia (sem dúvida, inconsciente) destinada a contornar os aspectos mais trágicos da condição humana. E, para além deles, a própria ideia do trágico como horizonte espiritual ou visão do mundo.[60]

Há duas precisões impostas ao argumento ao longo dessa formulação que vão fazendo a interpretação

---

60 *Idem*, "Da literatura brasileira como rasura do trágico" (1984), *in*: *A nau de Ícaro*, São Paulo: Companhia das Letras, 2001, p. 197.

proposta já no título perder seu caráter presumivelmente lapidar e taxativo: "*Pelo menos, na aparência*", frisa Lourenço sobre a inadequação ao caso específico do Brasil dos "esquemas da sociologia cultural à Taine"; "*sem dúvida, inconsciente*", assinala sobre a "estratégia" (ou, mais exatamente "espécie de estratégia") adotada pelos escritores brasileiros para "contornar" (e não, agora, rasurar) o trágico. Ressalva semelhante encontra-se no parágrafo seguinte, quando o crítico escreve, a propósito de Machado de Assis, que "o sentido oscila sem fim na corda da evidência racional, o que bem pode ter-se como a definição mesma, *ao menos intelectual*, do sentimento intenso da tragédia e do trágico".[61] O que parece estar em questão, sempre que Eduardo Lourenço, ao longo desse ensaio, se vale de construções análogas, por meio das quais faz vacilar as próprias afirmações (e os juízos a elas subjacentes), é não só o descompasso fundamental entre uma sociedade e sua história supostamente destinadas ao trágico e a literatura que emerge dessa sociedade e dessa história para resistir ao trágico, mas o próprio lugar da razão — e também, portanto, do inconsciente — nesse enredo.

Daí que seja decisiva, em sua análise de Machado de Assis, ponto de partida do seu percurso, o conflito entre a "ironia transcendental" e o "sentimento da vida como tragédia", com a ironia — tropo da razão, e sobretudo da razão levada ao seus extremos e, portanto, também a seus avessos — "sobrevoando ou relativizando tudo", mesmo a mais profunda negatividade, aquela do inconsciente e

61 *Idem, ibid.*, p. 198. Grifo meu.

do trágico.[62] Em *O alienista*, por exemplo, é por meio da ironia que o escritor "subtrai a sua visão ao triunfo do puro sem-sentido", reencontrando a razão ali onde ela parecia faltar, na forma da "consciência de um trágico de algum modo transcendente ao próprio trágico".[63] Ou, como Lourenço diz em seguida: "Se a essência do trágico é a consciência de que tudo é shakespeariana ilusão, decerto Machado de Assis não exemplifica o nosso propósito. Seria antes excepção que paradigma". Em alguma proporção, claro que respeitando as particularidades atinentes a cada autor examinado ou apenas nomeado, o ensaio sobre a rasura do trágico como "uma das notas características do imaginário brasileiro" toma a forma de uma análise sobretudo das exceções a essa norma que seria a rasura. Esse será mesmo o gesto recorrente ao longo do texto: perseguir uma rasura do trágico que, na verdade, reafirma o trágico supostamente rasurado. Isso vale não só para Machado, mas para Euclides da Cunha, Jorge Amado, José Lins do Rego, o hoje esquecido Amando Fontes, Graciliano Ramos, Guimarães Rosa e Clarice Lispector.

Talvez se possa ver aí, nessa perseguição algo circular e, portanto, em alguma medida, obsessiva, e ela mesma trágica, a manifestação de uma consciência — talvez, inconsciente, pelo menos em parte (como poderia assinalar o próprio Lourenço) — de que a rasura do trágico, por mais definidora que seja, só se deixa pensar combinada ao que, no trágico, não se deixa rasurar. Podemos então

---

62 *Idem, ibid.*, p. 198.

63 *Idem, ibid.*, p. 198-199.

ver a rasura do trágico, a um só tempo, como ultrapassagem e recalcamento: afinal, quando um texto ou parte dele é rasurado, pode-se ainda ler, por baixo dos signos que eventualmente substituem aqueles suprimidos, isto é, além ou aquém do novo discurso, a própria lacuna criada pela rasura, o espaço vazio que, de um ponto de vista semiótico (se não também poético, retórico, político, ético, psíquico...), coincide com aquele "sem-sentido" que Eduardo Lourenço identifica no centro das formas mais extremas ou puras de trágico, aquele centro que, supostamente, a literatura brasileira, pelo menos aquela que vai de Machado a Clarice, está quase sempre contornando.[64]

Vale lembrar, neste ponto, que, no ensaio teórico "Do trágico e da tragédia", publicado originalmente em 1964 e recolhido depois em *O canto do signo*, Lourenço não apenas já propunha que o trágico propriamente dito escapa às definições intelectuais, como vislumbrava na própria forma inicialmente grega da tragédia — que consistiria na expressão e estetização de um "mistério" originalmente "inexpresso"

64 Aliás, essa leitura da lacuna — isto é, da própria rasura como presença na escrita — vale para o próprio ensaio "Da literatura brasileira como rasura do trágico". Penso não nas alterações pontuais ao longo do texto, que têm natureza mais cosmética, mas, sobretudo, na rasura da epígrafe de Clarice Lispector que se acha na publicação primeira na revista *Terceira Margem* e depois desaparece na versão em livro: "Eu tenho, à medida que designo e este é o esplendor de se ter uma linguagem. Mas eu tenho muito mais à medida que não consigo designar". Tal epígrafe apontava, ao que parece, para uma redução da aventura literária clariciana ao âmbito da linguagem, justamente ali onde o corpo parece assomar: o conflito do semiótico com o semântico, que produz o trágico como não-sentido, traz em si, embutido, um conflito entre o semântico e o somático.

— já um "modo de abolição do trágico".[65] Nesse quadro, as experiências literárias dos últimos cento e poucos anos no Brasil, aquelas que parecem se dirigir para uma rasura ou contorno do trágico, poderiam ser vistas talvez como uma realização concentrada e exemplar, justamente porque tardia, de um processo bem mais amplo, tanto no espaço quanto no tempo. Esse nexo trans-histórico talvez se deva ao próprio modo como a cultura literária — e não só literária — teve e tem de se constituir num país construído a partir da experiência da colonização. A necessária busca de autonomia, não só da nação, mas, sobretudo, daquilo que não cabe de todo na nação e nos seus discursos de unidade ainda recendentes do processo colonial — é o caso dos povos indígenas, dos africanos escravizados, dos seus descendentes e de toda a imensa massa cuja existência se dá, a um só tempo, sob o tacão brutal da história e fora da história (trata-se, de fato, de uma fuga, ainda que restrita por vezes à imaginação, seja esta poética ou religiosa, para o mato, para a aldeia, para o quilombo, para o terreiro...), na experiência de um "tempo sem tempo", segundo expressão recorrente do próprio Eduardo Lourenço, que, por vezes se confunde com o "mito", mas que é antes ou depois o próprio tempo da literatura "em estado de emergência e de calamidade pública", como se lê nesse grande momento da autoconsciência crítico-criativa da história literária brasileira que é a "Dedicatória do autor (Na verdade Clarice Lispector)" de *A hora da estrela*.

65 *Idem*, "Do trágico e da tragédia" (1964), *in*: *O canto do signo: existência e literatura (1957-1993)*, Lisboa: Presença, 1994, p. 31.

À luz da dialética do trágico subjacente ao intervalo histórico-literário examinado por Eduardo Lourenço, não faz sentido interpretar Oswald de Andrade como exceção a esse esquema de exceções, isto é, como o único exemplo, digamos, puro da "rasura do trágico". De fato, dentre os autores abordados no ensaio, é Oswald o único modernista com direito a ser nomeado; direito que não se estende, porém, a nenhum título seu: em sua figura, mais até do que em sua obra, Eduardo Lourenço parece ver sintetizada "a estrutura cultural eufórica que caracteriza o Modernismo Brasileiro", que teria como base — nas palavras do próprio crítico, não do escritor — a reatualização do "mito fundador do *novo mundo* como *paraíso*, alheio ao bem e ao mal da tradição judaico-cristã do descobridor", a que se acrescentam "algumas sugestões de Nietzsche e Marinetti que iam no mesmo sentido". Porém (e a menção a Nietzsche, exegeta do "nascimento da tragédia" e profeta do seu renascimento na modernidade, já deveria servir de advertência interna ao próprio discurso do observador), esse juízo parece passar longe do que realmente está em questão na experiência literária e filosófica oswaldiana, ignorando sobretudo a importância que nela desempenha o trágico, não apenas como contraponto à *euforia* flagrada por Lourenço — que é, no léxico de Oswald, mais propriamente *alegria* —, mas, antes, como coração obscuro, como irrasurável pulsão de treva, da própria "estrutura [...] eufórica", que, por isso mesmo, se coloca, a um só tempo, dentro e fora da cultura. Oswald, de fato, confere à tragédia e ao trágico um lugar decisivo no seu pensamento. O Matriarcado, forma-matriz da sua concepção de política, é concebido a partir da *Oresteia* de Ésquilo tal como lida por Bachofen.[66] O próprio Carnaval é visto por ele como uma elaboração da manifestação grega, que seria, na verdade, africana, como propõe no ensaio "Descoberta da África", de 1954. Reivindicação semelhante já aparece, porém, num dos poemas de *Pau-Brasil*, trinta anos antes; o título é "Semana Santa":

> A matraca alegre
> Debaixo do céu de comemoração
> Diz que a Tragédia passou longe
> O Brasil é onde o sangue corre
> E o ouro se encaixa
> No coração da muralha negra
> Recortada
> Laminada
> Verde[67]

---

66 "O matriarcado tomba ante o voto de Minerva que absolve Orestes matricida. Com o matriarcado cai a propriedade comum do solo e inicia-se dialeticamente o 'progresso' — a propriedade privada, fortalecida desde então pelo direito paterno e pela herança." (Oswald de Andrade, *Os dentes do dragão*, org. Maria Eugenia Boaventura, São Paulo: Globo, 1990, p. 122-123). "Estava aí assinalada a revolução que, na Grécia, destronava a mãe do seu poderio incontestável. De ora em diante seria aceito na Hélade o direito paterno e suas consequências. Fundava-se assim o instituto da herança patrilinear. Não quer isso dizer que o patriarcado tivesse sido uma invenção grega, mas foram os gregos, através de Ésquilo, que definitivamente fixaram as transformações da era matriarcal para a do poder paterno" (Oswald de Andrade, "A crise da filosofia messiânica" (1950), *in*: *A utopia antropofágica*, São Paulo: Globo e Secretaria de Estado da Cultura, 1990, p. 212).

67 Oswald de Andrade, Pau Brasil (1925), *in*: *Obra incompleta*, ed. crítica Jorge Schwartz, São Paulo: Edusp, 2021, t. I, p. 112.

Como a maioria dos poemas do livro, esse é bem mais ambivalente e sombrio do que parece. A Ressurreição, que a Semana Santa reencena, é, em certa medida, a antítese da tragédia — e, portanto, um exemplo de "rasura do trágico" — e justifica a transformação imediata, no primeiro verso, da matraca, instrumento de lamentação, em manifestação de alegria. O que complica essa interpretação é que, a partir do quarto verso ("O Brasil é onde o sangue corre"), e justamente depois de nomeado o contorno, se não a rasura, do trágico ("Diz que a Tragédia passou longe"), o poema se revela, por meio da fusão imagética entre paisagem (verde) e personagens (negros), um instantâneo do movimento interno ao próprio livro em que está situado: afinal, sua segunda seção, "Poemas da colonização", não apenas intercepta o curso esboçado na primeira, "História do Brasil", mudando em negatividade o que era, de início, positividade, mas também projeta esse cariz negativo sobre as seções seguintes. Se há uma unidade em *Pau-Brasil*, é aquela conferida pela colonização e pela escravidão — e pelas longas repercussões destas e pelas tentativas de responder ou resistir a elas.

Nos termos dos próprios modernistas, podemos dizer que o "claro riso dos modernos", a que se referiu Ronald de Carvalho, extraía sua claridade, por contraste, da contraface sombria do movimento, que era expressão transfiguradora justamente do seu sentimento da história como catástrofe, mais do que de qualquer sensação de ausência de história. O "não-tempo" é, na verdade, um outro tempo, e suas formas preferenciais podem ser, de fato, o mito, a fábula, a estória. "A estória quer ser contra a História", o *dictum* de Guimarães Rosa, é outra forma de dizer: "Contra as histórias do homem que começam no Cabo Finisterra. O mundo não datado. Não rubricado". Se Stephen Dedalus, isto é, James Joyce, tenta despertar do pesadelo da História, aqui se trata de dormir de novo para tentar outro sonho, isto é, outra história (aliás, como fez também o irlandês, em alguma medida, na sua obra final, *Finnegans Wake*). A Antropofagia de Oswald (e de Tarsila, de Raul Bopp, de *Macunaíma*) é uma tentativa de dar a esse sonho a dimensão mais vasta possível, que não é, porém, a de um universal indeterminado moldado a partir da expansão colonial (que, se possível, alcançará até as estrelas, apropriando-se do brilho delas como último butim), mas a da comunidade radical, que tem como gesto decisivo aquela incorporação do inimigo que é também, e sobretudo, desapropriação de si, implicada nas cosmopolíticas ameríndias (e que tem a terra não apenas como limite, mas como origem e como meta).

E não deixa de ser prova de inteligência crítica em permanente revisão que, às primeiras críticas de Eduardo Lourenço à reivindicação por intelectuais e artistas brasileiros, do romantismo ao modernismo e depois, dos indígenas como figuras de origem alternativas a Portugal, e, por isso mesmo, encerradas no passado, suceda uma constatação muito simples e ainda hoje, porém, espantosa para muitos, e não só fora do Brasil, enunciada pelo próprio crítico: "aqui no Brasil [...], há de facto índios".[68]

---

68 Eduardo Lourenço, "A miragem brasileira (Entrevista por Rui Moreira Leite)" (2000), *in*: *Do Brasil: fascínio e miragem*, org. Maria de Lourdes Soares, Lisboa: Gradiva, 2015, p. 267.

Lourenço atribui a constatação à leitura dos poemas de Affonso Romano de Sant'Anna: "Aquela coisa de ser índio, eu considerava isso como algo retórico e poético, mesmo virtual, mas enganava-me. Trata-se de uma reivindicação de uma espécie de um tempo outro, e o tempo outro só pode ser efectivamente anterior à colonização".[69]

A passagem de 1928 a 1930, por esse ângulo, talvez não represente a ruptura que, de um lado, Oswald e, de outro, os novos romancistas adivinharam, mas uma continuidade dialética. E podemos revisitar esse quadro nos termos da reflexão, ainda, de Eduardo Lourenço. Nos ensaios de 1945[70] sobre literatura brasileira, a questão do trágico já estava presente, sobretudo naquele acerca dos romances então recém-publicados de Jorge Amado (*Terras do sem fim* e *São Jorge dos Ilhéus*) e José Lins do Rego (*Fogo morto*). O crítico frisa, de início, a "coerência" — que, aliás, julga maior do que nos livros anteriores desses autores — "entre a realidade dos seus personagens e a verdade dos seus conflitos".[71] E é significativo que reconheça exatamente nessa coerência, ou, antes, na "consciência"

---

69 *Idem, ibid.*, p. 268.

70 E a data é ela mesma, nos planos brasileiro e mundial, de despertar e de ressonhar.

71 Na verdade, para ser exato, diz que os romances "testemunham uma maior fidelidade [...] à coerência" e essa multiplicação de instâncias (*fidelidade à coerência*, quando apenas *coerência* já daria conta) pode ser vista como sintomática de um anseio de mediação justamente diante de uma literatura em que as mediações, como veremos, faltam (ou, pelo menos, não se apresentam como seriam de se esperar para um "crítico europeu"). Eduardo Lourenço, "Novos romances brasileiros" (1945), *in*: *Tempo brasileiro: fascínio e miragem*, org. Maria de Lourdes Soares, Lisboa: Calouste Gulbenkian, 2018, p. 103.

sempre "mais nítida" que esses escritores têm "dos seus processos, possibilidades e limitações" uma força incapaz de alterar "aquilo que o crítico europeu" (assim Eduardo Lourenço se figura no ensaio) "considera em geral excessivo", isto é, "o primitivismo anímico de tipos e o desbordamento emotivo e lírico em que se movimentam".[72] Pode-se mesmo cogitar que esse primitivismo e esse desbordamento, que atordoam "o crítico europeu", mais do que não serem afetados por aquela consciência autoral ou escritural, talvez nasçam precisamente dela — e da busca de afinidade, que ela implica num caso como o da literatura brasileira, com modos de pensamento não-ocidentais, afinidade, que, porém, o crítico despreza, em outra circunstância, como "culto de um dionisismo bastardo, promovido e glosado como compensação da miséria e da impotência histórica real".[73]

É uma outra concepção de literatura que se afirma assim, na qual a dimensão política se reveste de uma imediatez corpórea, mas também espiritual (aqui, onde, como bem disse Oswald, "o espírito recusa-se a conceber o espírito sem corpo"[74]), impensável a partir dos modelos europeus, sejam aqueles institucionais, sejam aqueles revolucionários: "A sub-humanidade de moleques, capangas,

72 *Idem, ibid.*, p. 103.

73 *Idem*, "De um certo (e inevitável) antiportuguesismo da cultura brasileira: para uma psicanálise das relações entre o Brasil e Portugal" (1971), *in*: *Tempo brasileiro: fascínio e miragem*, org. Maria de Lourdes Soares, Lisboa: Calouste Gulbenkian, 2018, p. 269.

74 Oswald de Andrade, "Manifesto antropófago" (1928), *in*: *A utopia antropofágica*, São Paulo: Globo e Secretaria de Estado da Cultura, 1990, p. 48.

jagunços, tropeiros ou trabalhadores de usina vive as realidades imediatas da vida com uma violência e ingenuidade de que nós não nos podemos dar perfeita conta, no nosso mundo mais complicado, mais regrado e menos original".[75] Não será uma distorção ver, nessa passagem de Lourenço, um correlato analítico do magistral *explicit* do ensaio de Montaigne sobre os canibais, no qual o filósofo, depois de reverenciar a sabedoria política, mas também poética, dos indígenas do Brasil, diz, numa tirada à altura do desfecho de *Some like it hot* ("Nobody's perfect"): "Tudo isso é, em verdade, interessante, mas, que diabo, essa gente não usa calças!" ("Tout cela ne va pas trop mal: mais quoy, ils ne portent point de haut de chausses"). E, de fato, vale recordar, "moleques, capangas, jagunços, tropeiros ou trabalhadores de usina" são — de um ponto de vista cultural e político, mas também genético (que importa menos) — índios, como bem viu Eduardo Viveiros de Castro: "O homem livre da ordem escravocrata, para usar a linguagem da Maria Sylvia de Carvalho Franco, é um índio. O caipira é um índio, o caiçara é um índio, o caboclo é um índio, o camponês do interior do Nordeste é um índio".[76]

---

75 Eduardo Lourenço, "Novos romances brasileiros" (1945), *in*: *Tempo brasileiro: fascínio e miragem*, org. Maria de Lourdes Soares, Lisboa: Calouste Gulbenkian, 2018, p. 103.

76 Eduardo Viveiros de Castro, "No Brasil todo mundo é índio, exceto quem não é" (2006), entrevista a Carlos Dias Jr., Fany Ricardo, Lívia Chede Almendary, Renato Sztutman, Rogério Duarte do Pateo e Uirá Felippe Garcia, *in*: *Eduardo Viveiros de Castro*, org. Renato Sztutman, Rio de Janeiro: Azougue, 2008, p. 147.

O que surpreende naquelas figuras — naqueles sujeitos nunca de todo individualizados, embora já extrapolando a representação tipológica convencional, conforme já os encontrávamos nos *Sertões* de Euclides da Cunha — é o contraste entre sua "humanidade sem futuro, perdida na pura fantasmagoria da fome e do desespero"[77], e a esperança marxista que alimentava os escritores. Em suma, a falta de um recorte mais ou menos nítido de classe, de que tampouco a categoria acategórica (e caracteristicamente moderno-europeia) do *lumpen* dá conta, exclui essas vidas tanto da pulsão futurista supostamente preponderante no modernismo ("os silenciosos retirantes de *Vidas secas*, da mesma linhagem dos sertanejos de Euclides, se dirigem para um futuro improvável"[78]) quanto da própria utopia socialista. (O mesmo espanto ganha forma anedótica no relato sobre Jorge Amado, comunista e "pai de santo" — na verdade, obá de Xangô do Ilê Axé Opô Afonjá).[79]

Tudo isso ganha peso maior, para a compreensão não apenas da literatura brasileira, mas da própria perspectiva a partir da qual Eduardo Lourenço a mira, quando se leva em conta sua proposição, em outra circunstância, de que Brasil e Portugal são "os dois pólos de uma constelação cultural" — uma constelação "única no planeta, aquela

---

77 Eduardo Lourenço, "Guimarães Rosa ou o terceiro sertão" (1997), *in*: *A nau de Ícaro*, São Paulo: Companhia das Letras, 2001, p. 213.

78 *Idem, ibid.*

79 *Idem*, "A miragem brasileira", *in*: *Do Brasil: fascínio e miragem*, org. Maria de Lourdes Soares, Lisboa: Gradiva, 2015, p. 259. O esclarecimento sobre o real modo de inserção de Jorge Amado na estrutura do candomblé é oferecido, em nota, pela organizadora do volume.

que na Europa, na América do Sul, em África e na Oceânia fala ou se ouve ainda em portuguesa língua, de todos os que a falam e recriam e de ninguém" —, mas também, mais concretamente — isto é, passando, de forma decisiva, pelo corpo, pela presença do corpo num determinado lugar, que por essa presença mesma, em alguma medida, se indetermina —, a partir da visão de Salvador, ao fim da década de 1950, na forma de "uma cidade como teria sido Lisboa sem o terremoto".[80] Isto é, talvez possamos extrapolar, uma Lisboa deslocada para a outra margem do Atlântico, sem uma catástrofe pontual em que se consiga identificar o momento da destruição (que, no entanto, está lá), mas também sem o iluminismo (que é sempre um ilusionismo) da reconstrução.

É no contato direto com essa cidade a um só tempo tão familiar e absolutamente estranha para um intelectual português ("Na Bahia nós temos a impressão de que, de facto, é outro mundo") que, conforme Lourenço recorda na mesma entrevista, descobriu o "ouvido absoluto" de Jorge Amado, a capacidade que o escritor tinha de apreender e inscrever em seus textos as vozes das ruas: "ele captava instintivamente aquele falar da Bahia e aqueles seus personagens já me pareciam menos extraordinários do que antes, porque, de facto, os seus personagens andavam na rua"[81]

---

80 Eduardo Lourenço, "Nostalgia atlântica. Sobre Portugal e o Brasil" (1996) e "A miragem brasileira" (2000), *in*: *Do Brasil: fascínio e miragem*, org. Maria de Lourdes Soares, Lisboa: Gradiva, 2015, p. 200 e 248.

81 Eduardo Lourenço, "A miragem brasileira (Entrevista por Rui Moreira Leite)" (2000), *in*: *Do Brasil: fascínio e miragem*, org. Maria de Lourdes Soares, Lisboa: Gradiva, 2015, p. 248.

(eis um modo prévio de dizer, como depois disse, conforme já vimos, que "aqui no Brasil [...], há de facto índios"). Nesse movimento, não apenas "a cultura" antes "apenas livresca" — isto é, marcada decisivamente pela forte presença da literatura brasileira dos anos 30 no Portugal dos anos 40[82] — se torna realmente, no sentido mais abrangente da palavra, cultura; a própria literatura, aí, se revela uma operação intelectual complexa, que não separa as letras das vozes, antes se abre às vozes para que estas abalem as letras. E é curioso — embora compreensível para quem, na mesma entrevista, se confessa "horrorosamente europeu"[83] — que o crítico, vendo, ou ouvindo, as coisas ainda um tanto de fora, prefira ressaltar, no "ouvido absoluto" de Jorge Amado, o instinto em vez do intelecto, quando se tratava, na verdade, de romper a barreira entre um modo e outro de aproximação ao mundo — e de aproximação à escrita.

Ainda que Glauber Rocha, um cineasta, desempenhe um papel fundamental na formação brasileira de Eduardo Lourenço, tendo sido o responsável, conforme registra, pelas suas incursões nos sertões de Euclides da Cunha e de Guimarães Rosa[84], e ainda que o crítico

82 "Quando vim para o Brasil, a cultura era apenas livresca, isto é, feita através de leituras, e como toda a minha geração — e já vinha um pouco da geração anterior — estava a par do que naquela altura era novidade: o impacto da cultura brasileira. Da literatura brasileira, mais que da cultura, explico melhor: pertenço a uma geração para a qual Jorge Amado, Graciliano Ramos, José Lins do Rego, Rachel de Queiroz eram presenças muito vivas no contexto cultural português" *Idem, ibid.*, p. 248.

83 *Idem, ibid.*, p. 258.

84 *Idem*, "Nós só existimos no espelho dos outros" (1995), *in*: *Do Brasil: fascínio e miragem*, org. Maria de Lourdes Soares, Lisboa: Gradiva, 2015, p. 190.

tenha feito a experiência direta da sociedade e da cultura brasileiras, no período em Salvador, ele, quando o assunto é o Brasil, se mantém dentro dos limites da literatura ou, mais exatamente, da textualidade (engloba também a história e a sociologia, que lê, porém, romanescamente). E, ao permanecer nessa zona exclusivamente textual, não tem como dar o devido peso à operação de Glauber Rocha ao recorrer à poesia popular cantada e à música de Villa-Lobos em seus filmes: apontar justamente para um além da literatura que seria constitutivo mesmo da cultura literária brasileira, um além — uma superação dialética, que leva consigo a literatura suprimida — que, em seguida a Glauber, a Tropicália exploraria como nenhum outro movimento (e não por acaso, nela, a literatura propriamente dita desempenha papel menor diante das outras artes).

E, porém, é justamente na Tropicália, redescoberta e revelação do modernismo a partir da inspiração glauberiana, que as questões que se revelariam centrais para a interpretação do Brasil por Eduardo Lourenço ganham sua formulação mais radical — e, justamente por isso, mais inaceitáveis, pode-se depreender, para "o crítico europeu", que nelas veria talvez a quintessência daquele "dionisianismo" rejeitado. No entanto, tudo nos pressupostos das suas leituras brasileiras também aponta para esse Dioniso redivivo: da sua noção de um trágico inaprendido pela tragédia até sua análise de Clarice Lispector, na qual vê: "A sua viagem far-se-á de abandono em abandono, de distanciamento voluntário da face escrita da vida em direcção ao pura e indizivelmente *material*, descida ou 'subida' ao inferno do que existe, tão humildemente aceite como marca do real que dessa descida resulte, enfim, o encontro com o *neutro divino*, o aquém-humano presente no coração do homem".[85] O problema é que esse "*material*", esse "aquém-humano", não é, na verdade, um lugar de pureza, como as noções de *ascese* e de *neutro* podem fazer supor, mas, conforme nota a própria Clarice Lispector nos últimos momentos de seu percurso literário e vital, quando diz que "também o que presta não presta" e que há também "a hora do lixo" (que coincide, aliás, quase integralmente com a "hora da estrela" — e, portanto, com a morte), esse "coração selvagem" é essencialmente impuro, englobando de uma só vez Spinoza e os "romance[s] lacrimogêneo[s] de cordel".

Macabéa — tanto quanto Lindoneia, a personagem de Rubens Gerchman e depois de Gilberto Gil e Caetano Veloso — é uma heroína tropicalista, isto é, uma heroína "de nossa gente", em sentido residualmente marioandradiano (embora "nossa gente" já não seja o que era), isto é, menos uma síntese de um povo preexistente do que o flagrante de um povo outro, subterrâneo embora "à flor da pele", que as ideias correntes de povo não abarcam, ou abarcam mal, assim como figuração de um povo por vir, ainda que sob a forma da morte. Nesse sentido, podemos depreender que comer a barata é tanto uma variante do beijo ao leproso de São Francisco de Assis, como a interpreta Eduardo Lourenço[86], quanto

85 Eduardo Lourenço, "Da literatura brasileira como rasura do trágico" (1984), *in*: *A nau de Ícaro*, São Paulo: Companhia das Letras, 2001, p. 205.

86 *Idem, ibid.*, p. 205.

uma retomada extrema do tema da Antropofagia como "devoração universal", o que ele não entrevê. A "plenitude do mínimo"[87] — em que *eu* e *mundo* coincidem — só pode ser também esplendor barroco do máximo, e mesmo, utopicamente, do todo, esse todo que, no entanto, jamais se computa completamente, do que resulta que o monumento também só pode ser, já de início, ruína. Há algo na Tropicália daquela pretensão benjaminiana, que não por acaso tomou a forma de um *bric-à-brac* no *Trabalho das passagens*, de abarcar, na visão da história, todos os momentos, mesmo os mais esquecidos. Não por acaso, o Aleph é uma figura latino-americana, e Eduardo Lourenço, nessa linha, vê em *Grande sertão: veredas* uma "macromónada" — "feito de miríades de mónadas, ou seja, de *contos*".[88] Ou mais propriamente, de *estórias*, de tragédias não propriamente rasuradas, mas *em rasura*.

---

87 *Idem, ibid.*

88 Eduardo Lourenço, "Guimarães Rosa ou o terceiro sertão" (1997), *in*: *A nau de Ícaro*, São Paulo: Companhia das Letras, 2001, p. 217.

NOTAS SOBRE OS TEXTOS

"Brasil-sintoma: como viver na pós-história?" foi apresentado oralmente, sob o título "Brasil: planos de fuga", como conferência de encerramento do *Coloquio Internacional ¿Por qué Brasil, qué Brasil? Recorridos y prácticas críticas desde Argentina*, que se realizou nos dias 13 e 14 de agosto de 2015 na Universidad Nacional de Córdoba (Argentina). O texto foi publicado depois em Roxana Patiño e Mario Cámara (org.), *¿Por qué Brasil, qué Brasil? Recorridos críticos. La literatura y el arte brasileños desde Argentina*, Villa María: Eduvim, 2017, p. 127-148.

"A "rasura do trágico" como operação infinita" foi, em sua primeira versão, uma palestra no *Colóquio Internacional Eduardo Lourenço: um tempo brasileiro breve, mas duradouro*, promovido pelo Centro de Estudos Ibéricos e realizado nos dias 15 e 16 de junho de 2023 na Biblioteca Eduardo Lourenço, na Guarda (Portugal). Como texto, saiu em Osvaldo Manuel Silvestre (org.), *Eduardo Lourenço: um tempo brasileiro breve, mas duradouro*, Guarda e Lisboa: Centro de Estudos Ibéricos e Âncora, 2024, p. 33-44.

1ª edição [2025]

Esta é a galáxia de bolso nº 1, uma coleção de ensaios da Telaranha Edições. Composta em Raleway e Tiempos, sobre papel pólen bold 90 g, e impressa nas oficinas da Gráfica e Editora Copiart em 2025, ano em que o acervo de Haroldo de Campos desapareceu.